坤益好時光理念為動物關懷，尊重及珍愛他（她）們的生命，提倡領養、收養、照護與一生陪伴，希望大家能有正確與正向的觀念及行為對待我們生活周遭的狗狗及貓咪們！

< 序 >

你有在路上看過正在工作的狗狗嗎??

我們都知道如果遇見工作中的狗狗，要避免接觸牠們與聲音干擾。

那你知道狗狗貓貓們需具備甚麼特質??　適合甚麼樣工作嗎????

不管是品種犬貓、米克斯或者浪浪，每一隻都有不同個性、不同身體條件，適合的工作種類（像導盲、檢疫、牧羊...等等）不同，但經過訓練後都有機會成為了不起的工作犬貓。

本故事繪本主人翁 " 小花貓 "，在偶然機會下看見狗狗在工作，萌起了牠想工作的念頭，便開始牠的求職生活。本故事繪本藉由小花貓的求職過程，介紹不同工作種類所需具備的基本特質，並且讓大小朋友輕鬆了解工作犬貓如何透過牠們的肢體動作與叫聲完成任務。

此外，藉由此繪本感謝工作犬貓訓練師，一步步帶領犬貓從陌生到熟悉工作，盡心盡力在旁陪伴指導牠們，也非常感謝在我們社會中服役的犬貓們，有你們先天優異的靈敏嗅覺聽覺、敏捷活動力，在特殊搜救或檢疫的環境下使我們更佳準確有效執行工作，同時協助我們視障朋友、聽障朋友、肢障朋友們的生活，我們抱持感恩的心由衷謝謝你們。

某天， 小花貓在路上看見戴著領巾的狗狗在工作，
被狗狗們帥氣工作的樣子吸引， 目不轉睛遠遠地看著。

牠心想： 好帥氣喔！ 我也要去工作！！

工作中

小花貓馬上跑到鏡子前整理服裝儀容，
穿上牠帥氣衣服， 戴上花點點領結，
梳理好毛髮， 充滿自信出門找工作！！

09

小花貓看著滿滿的工作職缺簡章，
心想一定很快就能找到適合自己的工作。

首先牠找導盲犬

：你好！！請問我可以在這工作嗎？

：你有穩定的性情，但體形小，無法在碰到障礙物時阻擋主人停下腳步。

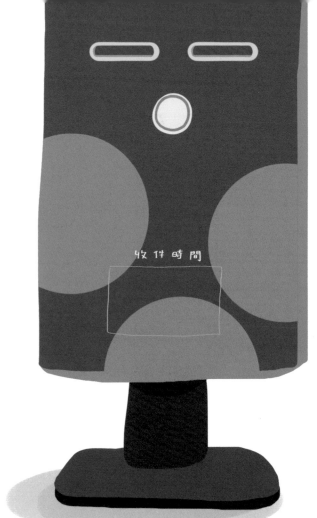

收件時間

12

接著找輔助犬

： 你好！ 請問， 我可以在這工作嗎？

： 你很靈活， 可是力氣太小了，
沒辦法協助肢障朋友撿重的東西、
開關門。

然後是導聾犬

：你好！～請問，我可以在這工作嗎？

：嗯…你聽力很好，但膽子不大，容易聽見聲音受到驚嚇，忘了去碰觸主人，告訴主人發生的狀況。

16

牧ㄇㄨˋ羊ㄧㄤˊ犬ㄑㄩㄢˇ

： 你ㄋㄧˇ好ㄏㄠˇ！～ 請ㄑㄧㄥˇ問ㄨㄣˋ， 我ㄨㄛˇ可ㄎㄜˇ以ㄧˇ在ㄗㄞˋ這ㄓㄜˋ工ㄍㄨㄥ作ㄗㄨㄛˋ嗎ㄇㄚ？

： 你ㄋㄧˇ很ㄏㄣˇ有ㄧㄡˇ責ㄗㄜˊ任ㄖㄣˋ心ㄒㄧㄣ， 但ㄉㄢˋ求ㄑㄧㄡˊ好ㄏㄠˇ心ㄒㄧㄣ切ㄑㄧㄝˋ地ㄉㄧˋ要ㄧㄠˋ求ㄑㄧㄡˊ羊ㄧㄤˊ群ㄑㄩㄣˊ走ㄗㄡˇ，
萬ㄨㄢˋ一ㄧ驚ㄐㄧㄥ嚇ㄒㄧㄚˋ到ㄉㄠˋ羊ㄧㄤˊ群ㄑㄩㄣˊ， 會ㄏㄨㄟˋ讓ㄖㄤˋ羊ㄧㄤˊ群ㄑㄩㄣˊ到ㄉㄠˋ處ㄔㄨˋ亂ㄌㄨㄢˋ跑ㄆㄠˇ，
不ㄅㄨˋ但ㄉㄢˋ容ㄖㄨㄥˊ易ㄧˋ造ㄗㄠˋ成ㄔㄥˊ羊ㄧㄤˊ受ㄕㄡˋ傷ㄕㄤ， 你ㄋㄧˇ也ㄧㄝˇ容ㄖㄨㄥˊ易ㄧˋ因ㄧㄣ衝ㄔㄨㄥ撞ㄓㄨㄤˋ而ㄦˊ受ㄕㄡˋ傷ㄕㄤ。

牧羊犬

19

警犬

 ： 你好～ 請問， 我可以在這工作嗎？

 ： 你長的太可愛， 壞人們不會怕你！
而且我們的訓練過程很辛苦， 你會受不了。

20

21

搜救犬

 ： 你好～ 請問...我可以在這工作嗎？

 ： 你很靈敏， 能爬上跳下， 但執行搜救任務
要有很大量的體力， 你的體力會負荷不了。

緝毒犬

 ：你好，請...問...我可以在這工作嗎？

 ：我想想，你有很好的嗅覺，
但身高不夠，無法嗅聞到人們腰間的
高度或者大型行李是否藏有毒品。

25

檢疫犬

 ： 你...好...請問...，我可以在這工作嗎？

 ： 我們工作時必須非常專注，
但你好奇心太重，容易受到周遭環境
干擾而影響工作。

小花貓非常沮喪
心想：怎麼都沒人需要我……

小花貓沮喪地走在路上，
突然間！！ 被一處窗內歡笑聲所吸引，
牠好奇地踮起腳往窗內瞧， 目不轉睛看著。

心想： 這地方好開心， 我想在這工作！！

小花貓再度鼓起勇氣詢問

：你好～ 請問，我可以在這工作嗎？

大家：可以！！我們很歡迎你～

33

大家將小花貓拋向空中，很熱情的歡迎牠加入

原來這是一處陪伴中心。

35

小花貓開始工作的第一天，
開心的與狗狗陪著小男孩在
草地上蹦蹦跳跳玩耍。

接著，小花貓與狗狗幫忙晾衣服，
牠們將洗好的衣服一件一件
傳到大人手中。

小花貓與狗狗一整個下午陪著長輩們談天說地，聊得非常開心。

40

晚上小花貓與狗狗陪著孩子們看書，
你讀一句，我唸一句，非常熱鬧。

最後，小花貓與狗狗陪著孩子們入睡，
度過開心的一天。

一整天下來，
小花貓非常勝任這項工作，
往後的每一天，
小花貓都會一直地陪伴著他們！

44

浪浪小花貓上班去

出版者	坤益開發顧問有限公司
發行人	坤益開發顧問有限公司
執行編輯	坤益開發顧問有限公司
設計美編/繪	范宇舜
地址	300 新竹市民權路86巷15號2F
電話	03-5338702
網址	https://www.queen-i.com.tw
版次	初版
初版日期	2020 年08月

經銷商	白象文化事業有限公司
地址	401 台中市東區和平街228巷44號
經銷商電話	04-22208589

ISBN 978-986-97584-2-0　定價　新台幣260元

QUEEN Management & Development Consultant CO, LTD.
坤 益 開 發 顧 問 有 限 公 司

誠摯推薦坤益好時光出版的教育繪本 ①

本書介紹狗狗貓咪
食、醫、住、行生活事

街角遇見浪浪，我們能怎麼做？該怎麼做？

街角遇見浪浪